Johann Rudolf Wyss
der Jüngere

Der Abend zu Geristein

Eine Sage von 1824, neu herausgegeben, eingeleitet und illustriert von Christoph Pfister

Im Anhang: Johann Rudolf Wyss' Dichtung *Der Ritter von Ägerten*

Historisch-philologische Werke 5

Bemerkungen zur überarbeiteten Ausgabe:

Die beiden Werke von Johann Rudolf Wyss dem Jüngeren, *Geristein* und *Ägerten*, sind vom Autor mehrmals herausgegeben worden. Die letzte Edition stammt von 2019.

Jene Ausgabe enthielt im Anhang des Autors Sage von der *Teufelsküche im Grauholz.*

Diese Erzählung findet sich jetzt in dem Werk *Teufelssagen aus der Umgebung von Bern.*

Zu den Burgstellen Geristein und Ägerten vergleiche auch das Buch des Herausgebers *Burgen rund um Bern.*

Inhalt

Über Geristein und seine Besonderheiten:
Turmruine, Höhle, Nische, Inschrift, Relief, „Elefant" 6

Bemerkungen zur Novelle *Der Abend zu Geristein* 15

Johann Rudolf Wyss der Jüngere:
Der Abend zu Geristein 18

Über die Burgruine Ägerten am Gurten 46

Johann Rudolf Wyss' Dichtung *Der Ritter von Ägerten* 50

Johann Rudolf Wyss der Jüngere:
Der Ritter von Ägerten. Ein Schweizer Idyll 55

Die Bücher des Autors 66

Abbildungen

Abbildung 1: Kauw - Geristein 5

Abbildung 2: Anonymus - Geristein 7

Abbildung 3: Wagner - Geristein 9

Abbildung 4: Felsformation auf Geristein, sogenannter Elefant 11

Abbildung 5: Kauw - Ägerten am Gurten 45

Abbildung 6: Lory - Ägerten am Gurten 49

Abbildung 7: Titelblatt des Almanachs *Alpenrosen* für das Jahr 1814 68

Abbildung 1: Kauw - Geristein

„Gerenstein"

Ansicht von Nordosten.

Aquarell von Albrecht Kauw, 14,5 x 18 cm

Datiert „1659". - Nach Meinung des Verfassers in die 1770er Jahre zu setzen.

Die einfache, aber in ihrer Schlichtheit eindrucksvolle Komposition des Bilds verdient hervorgehoben zu werden.

Wiedergabe mit freundlicher Genehmigung des Bernischen Historischen Museums, Bern

Foto: Stefan Rebsamen

Über Geristein und seine Besonderheiten:
Turmruine, Höhle, Nische, Inschrift, Relief, „Elefant"

Der zur Gemeinde Bolligen gehörende Weiler Geristein (früher: *Gerenstein*) liegt gut sieben Kilometer nordöstlich von Bern und hat als Mittelpunkt einer hügeligen Landschaft einen nach Westen geöffneten gewinkelten Sandstein-Grat.

In der nach Osten gerichteten Gehrung des Felsengebildes findet sich auf 762 Meter Höhe über Meer die Ruine Geristein.

Zentral ist bei dieser Burgstelle ein Rundturm mit drei Metern dicken Mauern an seiner Basis. Die Sandsteinquader auf der Innenseite des Bauwerks sind glatt, diejenigen außen mit charakteristischen Bossen versehen. - An letzteren finden sich etliche Steinmetzzeichen.

Der Turm von Geristein war mindestens zehn Meter hoch, mit einem Zinnenkranz von eigenartiger Form.

Die Art des Mauerwerks mit Buckelquadern ist typisch für die Epoche der Gotik. Diese setzt der Herausgeber gemäß den Erkenntnissen der Geschichts- und Chronologiekritik in die Zeit um 1750. – Da ist zu bemerken, daß die Anno Domini-Datierung damals noch nicht existierte.

Der Turm von Geristein hat große Ähnlichkeit mit den frühen sogenannten Artillerie-Türmen. – Diese waren allerdings niedriger und massiger.

Die Turmstumpf ist um 1975 eher unglücklich vor weiterer Abtragung konserviert worden.

Der Rundturm von Geristein weist eine große Merkwürdigkeit auf: Er besaß weder einen Eingang, noch Fenster, noch Schießscharten.

Abbildung 2: Anonymus - Geristein

« Les Ruines de Gerstein près de Berne »

Aquarell, 16,9 x 22 cm, mit den Initialen C.S.L.

Wiedergabe mit freundlicher Genehmigung der
Burgerbibliothek Bern.

Die Figurenstaffage mit dem Esel will offenbar subtil und ironisch
darauf hinweisen, daß das Besteigen des Turms gefährlich sei.

Das nicht datierte anonyme Bild ist um 1800 anzusetzen.

Eine vergleichende Betrachtung erklärt die sonderbare Eigentümlichkeit des Turms von Geristein.

Ab der Mitte des 18. Jahrhunderts in der revidierten Geschichts- und Zeitenfolge wurden auch Türme errichtet, die wohl wehrhaft aussagen, aber keine solche Funktion hatten.

Als Beispiel sei der Turm der Seeburg, östlich von Luzern erwähnt. Dieser hatte ursprünglich ebenfalls weder einen Eingang, noch Fenster.

Der Rundturm von Geristein ist also um seiner selbst willen erbaut worden. Als solcher wurde er gleich nach seiner Erbauung zur Ruine.

Die erste Bildansicht von Geristein von Albrecht Kauw – nach dem Herausgeber zu Beginn der 1770er Jahre anzusetzen - zeigt den Turm noch mit einer eigenartigen Zinnenkrone, aber schon in einem beginnenden Verfall. Dabei war seit der Erbauung wahrscheinlich kaum eine Generation verstrichen.

Eine Mauer umgab den Burgplatz von Geristein. Von dieser sind im Nordosten neben dem Turm noch Reste vorhanden.

Gegen Süden trennt ein in den Felsen gehauener Halsgraben das Plateau ab.

Gegen Osten unterbricht eine natürliche Senke den Geristein-Grat zum Berg.

Im Westen hat der Platz von Geristein einen etwa fünf Meter tiefer gelegenen Geländeabsatz.

Auf diesem sieht man gegen die Burgseite hin eine merkwürdige menschengeformte Höhle mit einem rundlichen Eingang und einem Innenraum von ovaler Grundform.

Abbildung 3: Wagner - Geristein

„Gerenstein"

Lithographie von Johann Friedrich Wagner, 1837

Reproduktion der Schweizerischen Nationalbibliothek Bern

Nach dem Bild von Wagner ist der Rundturm gegenüber Kauw und Lory stärker abgetragen. Immerhin entspricht die Höhe der Ruine von Geristein in etwa dem ersten Foto des Turms von 1875.

Über den Zweck der Grotte von Geristein kann nur gerätselt werden. – Doch hat sie den Herausgeber angeregt, in seinen *Teufelssagen aus der Umgebung von Bern* auch eine Geschichte über jenes Gebilde zu schreiben.

Auf der Innenseite des Felsgrabens gegen Süden findet sich eine Nische, in welcher ein Götzen- oder Heiligenbild stand. Sogar zwei Befestigungslöcher für eine Figur sind erhalten.

An der Außenwand des erwähnten Abschnittsgrabens ist eine Inschrift angebracht: *Überall einsam, doch nirgends verlassen.*

Erst als der Herausgeber die Novelle von Johann Rudolf Wyss studierte, löste sich das Rätsel jenes pathetischen Spruchs: Dieser ist ein Zitat aus *Der Abend von Geristein* und zweifellos auf Veranlassung des Schriftstellers entstanden.

Am südlichen Ende der östlichen Felspartie vor dem Burgfelsen findet sich ferner ein Relief, welches die Umrisse eines Mannes darstellt, der in seiner linken Hand ein Kreuz hält.

Die Figur ist ausgesprochen unkünstlerisch. Sie kann nicht besonders alt sein.

Auch diese Felsbearbeitung hat sicher Wyss anbringen lassen: Es zeigt eine Szene aus der Geristein-Sage, nämlich den Ritter Ivo von Bolligen, wie er dem Zwingherrn Aimo das christliche Kreuz entgegenhält.

Der Autor erwähnt die Figur in der Erzählung und läßt offen, ob das Werk echt sei oder bloß eine *müßige Macherei* eines zeitgenössischen Steinmetzes.

Unbedingt ist auf eine bedeutsame Einzelheit am Burgfelsen von Geristein hinzuweisen. Diese ist dem Herausgeber vor Jahren aufgefallen:

Abbildung 4: Felsformation auf Geristein, sogenannter Elefant

Aufnahme von 1910, vom Herausgeber koloriert.

aus: Karl Ludwig Schmalz: *Bolligen*; Bern 1982, 367

Das alte Foto hat den Vorteil, daß der damalige Niederwald die Felsen des Elefanten ganz zeigen. In den folgenden hundert Jahren hat der Hochwald die Sicht fast ganz verdeckt.

Am Fuß des Felskopfs unterhalb des Turms, linkerhand vom Beginn des Treppenaufgangs zum Plateau, findet sich eine Jahrzahl eingehauen: *J744*.

Des Autors Forschungen haben ergeben, daß die heute gebräuchliche Jahrzählung Anno Domini mit vier arabischen Ziffern in den 1760er Jahren eingeführt wurde. – Vorher ist es nicht korrekt, diese Datierung zu verwenden. – Und diese Jahresangaben werden erst ab der Französischen Revolution glaubwürdig.

Doch gab es schon etwa zwei Jahrzehnte vor der heute gebräuchlichen Jahrzählung eine Vorstufe, nämlich Zahlen mit drei Ziffern und einem vorangestellten i oder j – wobei diese Buchstaben klein oder groß geschrieben vorkommen.

Die Angabe *J744* ist nach Meinung des Herausgebers der früheste Beleg für diese anfängliche Jahrzählung.

Das I oder J steht dabei vermutlich für Jesus.

Darf man diese drei Ziffern als 1744 lesen? – Möglich ist es, wenngleich um diese Zeit noch keine Angabe sicher ist.

Schließlich ist der sogenannte Elefant von Geristein zu erwähnen; untrennbar mit jenem Ort verbunden.

Wyss räsoniert in seiner Erzählung über die natürliche oder künstliche Entstehung der bizarren Felsgebilde am südwestlichen Ende des Geristein-Grats.

Man sieht dort einen hohen, leicht gebogenen und rundlich geformten Felsenzahn; dahinter als Abschluß einen markanten Felsenbuckel, mit einer großen, oben rundbogigen Öffnung – einem Portal. Dahinter findet sich ein zweiter, kleinerer Durchlaß.

Die Sandsteinformation als Abschluß des Grats gleicht von Norden wie von Süden her verblüffend dem Kopf eines Elefanten, wobei der Bogen des großen Felsentors einen Rüssel darstellt. – Die zweite kleine Öffnung deutet den Mund des Tiers – oder die Vorderbeine - an.

Der rundgeschliffene, westwärts leicht gebogenen Felsen, welcher die Figur des Elefanten überragt, läßt sich als Stoßzahn deuten, vielleicht auch als Mahnfinger.

Die bisherige Literatur ist zurückhaltend über diese Felsfigur, die im Volksmund seit eh und je Elefant genannt wird. - Man spürt das Unbehagen, sich über ein doch sehr deutliches Bild in Stein äußern zu müssen.

Kein Wunder, daß man sich deshalb hinter der konventionellen Geologie verschanzt, die behauptet, solche Felsbögen seien außergewöhnliche Erosionsformen.

Doch in Geristein überzeugt eine solche Erklärung nicht: Wie soll ein schmaler Felsengrat an zwei Punkten in fast ästhetischer Form durchlöchert, aber nicht wegrasiert worden sein? Und welche natürliche Kraft hätte dies bewerkstelligen können? Wasser, Wind, Geschiebe?

Der Elefant von Geristein, der Rüssel und der Zahn, sind künstlich geschaffen worden.

Zahlreiche Beispiele aus Europa und Übersee zeigen, daß die viele derartige Felsentore Werke von Menschenhand sind. Die alten Kulturen hatten eine Vorliebe dafür, Formen und Figuren aus Felsen und Blöcken zu schaffen oder in die Grundrisse von Burgen und Städten einzuarbeiten.

Wir haben beim Elefanten von Geristein ein künstlerisches Zeugnis aus alter Zeit vor uns – und ein Naturwunder der besonderen Art.

Der Elefant war ein bedeutendes Symbol im frühen Christentum.

Die dogmatischen Religionen ab dem Ende des 18. Jahrhunderts ließen diese Symbolik fallen; aber einzelne Zeugnisse überdauerten.

Julius Caesar – das wichtigste Vorbild oder eine Parallelität zu Jesus Christus – hatte einen Elefanten als Attribut. Auf Caesar-Münzen findet sich deshalb häufig ein solches Tier abgebildet.

Man sehe sich auch den vierten Caesar-Teppich im Bernischen Historischen Museum an. Dort zieht der Herrscher auf einer Kutsche in die Stadt Rom ein, die von vier Elefanten mit Pferdefüßen (!) gezogen wird.

In der römischen Geschichte gibt es die feindlichen Feldherrn Hannibal und Pyrrhus, die beide Kampfelefanten besaßen.

Im Buddhismus - ebenfalls einem Gewächs aus christlicher Wurzel - ist der Elefant bis heute in Wertschätzung verblieben.

Die Beziehung zwischen Geristein und dem Elefanten ist noch enger:

Elefant heißt hebräisch *pil*. – Die Etymologie von Geristein weist zur gleichen Sprache. Hebräisch *ger*, Mehrzahl *ger'im* bedeutet Fremder, auch Pilger.

Das deutsche Wort *Pilger* bedeutet also Elefanten-Wallfahrer, desgleichen das lateinische *peregrinus*. Und da man Bern als Ursprungsort des Hebräischen vermuten kann, so war Geristein im frühen Christentum ein Wallfahrtsort.

Auf dem Felsgrat, der von dem Stoßzahn in Richtung der Burgstelle führt, glaubt man an mehreren Stellen weitere Elefantenformen zu erkennen. – Findet sich dort etwa eine ganze Kolonne von Dickhäutern dargestellt?

Noch zu Beginn des zwanzigsten Jahrhunderts hat man den Wald rund um den Grat von Geristein stark genutzt. Der Niederwald zeigte die Felsfigur des Elefanten mit dem Stoßzahn ganz. In den folgenden hundert Jahren wurde der Wald kaum mehr bewirtschaftet. Also überragten die Baumwipfel zuletzt selbst die Silhouette des Grates. – Erst durch Rodungsarbeiten im Winter 2013/14 wurde die Figur des Elefanten für etliche Jahre wieder sichtbar.

Bemerkungen zur Novelle *Der Abend zu Geristein*

Die Erzählung *Der Abend zu Geristein* stammt von dem Berner Dichter, Schriftsteller und Professor Johann Rudolf Wyss (1781 – 1830). Dieser ist noch heute bekannt als Herausgeber des berühmten Jugendbuchs *Der schweizerische Robinson* (1812) – einem Werk seines Vaters, des schriftstellernden Pfarrers Johann David Wyss – und durch den Text der früheren Nationalhymne *Rufst du mein Vaterland* (1811).

Die romantische Novelle mit der Sage über die Ruine Geristein ist zuerst erschienen in dem literarischen Almanach *Alpenrosen* für das Jahr 1825, auf den Seiten 147 – 186.

Zum zweiten Mal wurde die Erzählung abgedruckt in: Rudolf Albrecht Bachmann: *Versuch einer historisch-topographischen Beschreibung der Ruinen der Burg Gerenstein und der historischen Merkwürdigkeiten der Umgegend*; Bern 1852; Seiten 47 – 77.

Der Herausgeber hat bei der Übertragung des Textes die Orthographie den heutigen Bedürfnissen angepaßt.

Gewisse altertümliche Wörter und Wendungen wurden jedoch belassen und - wenn nötig - mit einer in eckige Klammern gesetzten Erklärung versehen.

Die ausführliche Erwähnung der fiktiven Geschichte von Geristein, besonders das Eingehen auf den Chronisten „Konrad Justinger" (eine Erfindung des Berner Historiographen Michael Stettler um 1775) hat seinen Grund: Johann Rudolf Wyss war der erste Herausgeber der Justinger-Chronik (1816).

Zum zweiten und letzten Mal wurde diese Chronik 1871 von Gottlieb Studer ediert. – Auch die Chronisten „Valerius Anshelm" und „Tschachtlan" hat Wyss zum ersten Mal herausgegeben.

Der literarische Wert von Wyss' Novelle *Der Abend zu Geristein* ist uneinheitlich.

Gelungen ist die anschauliche und lebendige Rahmenerzählung mit dem Ausflug der drei Gelehrten zu Fuß von Bern über Bolligen und Flugbrunnen nach Geristein.

Gegenüber der Rahmenerzählung ist die Wiedergabe der eigentlichen Sage zu schmal geraten.

Zudem hat die Sage ein offenes Ende. Und das Motiv des Goldsonnens ist reichlich unpassend eingefügt.

Dazu überwuchert eine antiquarische Gelehrsamkeit in lästiger Weise den Fluß der Erzählung.

Der Herausgeber sah sich deshalb sogar gezwungen, eine Seite mit Angaben aus „Justinger" wegzulassen.

Das gehäufte Auftreten von geschichtlichen Exkursen in dieser Novelle ist typisch für die Belletristik der ersten Hälfte des 19. Jahrhunderts. – Dahinter steht das große Vorbild von Walter Scott – der im Text von Wyss genannt wird.

Der berühmte Sir Walter Scott scheint die Novelle von Wyss gekannt zu haben. 1829 nämlich publizierte er einen historischen Roman, der in der Eidgenossenschaft zur Zeit der Burgunderkriege spielt: *Anne of Geierstein or The Maiden of the Mist.*

Die Namen *Geristein* und *Geierstein* sind sich so ähnlich, daß man nicht an einen Zufall glauben kann.

Auch Jeremias Gotthelfs historische Erzählungen triefen bekanntlich von irrelevanter Geschichte. – Und jener Emmentaler Schriftsteller hat in späteren Jahren auch für die *Alpenrosen* Beiträge geliefert.

Wyss, der Mitherausgeber der *Alpenrosen*, hat sich mit *Der Abend zu Geristein* ebenso wie mit *Der Ritter von Ägerten* ein Zeugnis gesetzt für seine schriftstellerischen Fähigkeiten, die er aus unbekannten Gründen nicht genug weiterentwickelte.

Auf den Almanach *Alpenrosen* allgemein soll hier nur kurz eingegangen werden. Dieser erschien zwischen 1811 und 1830 jährlich in Bern unter der Redaktion von Johann Rudolf Wyss, Gottlieb Jakob Kuhn und Ludwig Meister.

Nach Wyss' Tod erschien der Almanach mit Unterbrüchen und wechselnden Herausgebern bis 1854 in Aarau.

Die Inhalte bestanden aus Sagen, Volksliedern, historischen Erzählungen, Dorfgeschichten, Schweizerreisen und volkskundlichen Beiträgen. Illustrationen und Liedernoten kamen hinzu.

Alles in allem waren die *Alpenrosen* ein repräsentatives literarisches Spiegelbild der Restaurationszeit in der Schweiz.

Johann Rudolf Wyss der Jüngere
Der Abend zu Geristein

Schon einmal haben die Leser der Alpenrosen uns in die Umgebung Berns, an den sogenannten Bantiger - dem Schweizer ein Hubel, dem Niederländer ein Berg – begleitet, wo die Felswohnungen des Lindentals für den romantischen Sinn so ansprechend sind. (Alpenrosen für 1812, Seiten 200 ff.). Diesmal laden wir zu einem Gange nach den Ruinen Gerenstein und ihren ländlichen Umgebungen ein, da jüngst ein Freund uns davon unterhaltenden Bericht erteilt und Herr Lory, der Vater, das niedlichste Bild hinzugefügt hat.

Neulich – erzählt mein etwas humoristischer Freund – unternahm ich meine Jahresrunde zu den Ruinen und Altertümern des näheren Stadtgebiets unseres lieben Berns, um den Pflichten meines selbstgeschaffenen Amtes als Ober-Geheim-Konservator aller historischen Merkwürdigkeiten und Sagen in meinem Bereich Genüge zu tun.

Ägerten, Bubenberg, die Hochburg zu Belp und andere mehr waren abgetan, und in angemessenem, allerbestem Zustande fortschreitender Verwitterung befunden worden. Jetzt kam die Reihe zu Gerenstein. Und da mir die Lage dieses Nestes immer als besonders romantisch vorgekommen ist, nahm ich zur Gemütsergötzung diesmal Freund Samuel den Enthusiasten, und Freund Adelbert, den Erzprosaiker mit, um zwischen diesen zwei Endpunkten eines heißen Äquators und eines kalten Nordpols behaglich in gemäßigter Zone zu pilgern.

Der Berg wurde bald nach Tisch angetreten, um nicht eilen zu müssen, da wir den Bantiger selbst zu übersteigen und mit dem bekannten, lieblich einsamen Fußpfade von oben herunter in das Gerenstein-Tälchen zu fallen uns vorgenommen. Ich schweige von dem langen

Schattengange der herrlichen zwei Baumreihen, die fast am Stadttor selbst beginnend, mit kaum merklicher Unterbrechung bis zum Siechenhause fortlaufen, und zu den vielen täglich genossenen, kaum einmal anerkannten Wohltaten vorsorgender Standmagistrate gehören. Samuel – in Erwartung der Dinge, die da kommen sollten, - hatte billig zu wenig, Adelbert ein wenig zu viel bei seinem Mittagessen verweilt. Und so kam es von selbst, daß Samuel, auf den Flügeln antiquarischer Vergeisterung, stets zehn Schritte vor mir, Adelbert in den Bleischuhen pflichtschuldigen Mitwanderns, zehn Schritte hinter mir die Strasse daherzog, was unserer freundschaftlichen Unterhaltung ein ganz eigenes Wesen gab, nicht unähnlich dem Anrufen zerstreuter Schildwachen um Mitternacht.

Samuel schwelgte in der aufblühenden Rückerinnerung an die herrlichen Ritterzeiten, und mischte Kostüm, Gebräuche, Sitten und Züge aus Müllers Schweizergeschichte und aus Kramer, Schlenkert, Spieß, auf so heillose Weise durcheinander, daß Cürne de Ste. Palaye sich hätte im Grab umdrehen mögen, wenn er ein Wort davon gehört hätte. Büsching in Breslau war mit seiner neuen verdienstvollen Arbeit erst im Messe-Katalog, und focht uns also noch wenig an [Anspielungen auf geschichtliche Werke].

Dagegen lechzte Adelbert vor Durst, beklagte sich bitterlich über den Staub der Strasse, und vermutete, daß unser altertümliche Spaziergang den Macherlohn nicht wert sein möchte, wenn wir endlich den Schutt des alten Kauzenstalls würden gesehen haben. Aus dem ganzen Zeitalter des ritterlichen Freudenlebens pries er sich vor der Hand nur das Reiten, und wünschte sich bloß einen Streithengst, der übrigens ohne Streit ihn zum Gerenstein trüge.

Wir gelangten durch das schön gelegene Bolligen und lenkten rechts von dem Pfarrdorf aufwärts gegen Flugbrunnen zu, das vor Alters Fluhbrunnen mag geheißen haben, da es hart an einer der vortretenden Flühe des Bantigers liegt. Unfern von dem Örtchen, freistehend gegen Westen, erhebt sich ein rundliches Hügelchen, der Standort der alten Feste von Bolligen, die nun spurlos verschwunden ist und vermutlich in den Kellern der vielen benachbarten Bauernhäuser, mit ihren Kieseln und Sandsteinen, die Frondienste vergilt, welche sie weiland [einst] von den Ahnvätern der Bauern mag genossen haben.

Jetzt galt es zu steigen am Bergeshang. Samuel rannte praktisch den ersten abschüssigen Pfad hinan und jodelte schon lustig über den Baumwipfeln unserer Umgebung in die Lüfte; während Adelbert die Theorie des Bergsteigens mit großer Gemächlichkeit entwickelte und gerne davon einen Anlaß ergriff, jede Sekunde wieder still zu stehen. Er lüftete nun erst die Halsbinde, warf den Rock über die Schultern in eine Lage, daß er ohne Hilfe der Hand sich behaupten konnte, schnürte sich ein Schnupftuch um den Leib gegen das Milzstechen, und nahm abgemessene Schritte, gleich einem Automaten, äußerst bedächtig mit der Rechten an seinem Spazierprügel sich halb emporziehend, halb durch eine Art von Schaukelbewegung auf einer Fußspitze nach der andern sich hinaufschnellend, was er besonders für einen Meisterkniff ausgab.

Kein Wort von der Aussicht, die nun allmählich nach den Gefilden Berns und weit gegen die Kantone Freiburg und Waadt hin sich hinter unserm Rücken entfaltete! Jüngst haben wir ja von L.A. Haller ein Panorama des Bantigers erhalten, das vom Gipfel des Berges aufgenommen, so treu und belehrend als möglich mit einem einzigen Schlag vor die Blicke legt, was sich auf zwanzig oder dreißig Seiten nur kümmerlich entfalten ließe. Die Aussicht nach den

Schneegebirgen blieb auf unserm Pfad uns durch den Hauptstock des Berges verdeckt; denn wir gelangten in eine Senkung, die zwischen diesem und dem etwas niedrigeren Waldschopfe der Stockerenflühe sich hinzieht, um einen bequemen Übergang zu gewähren.

Wiesen und kleine Pflanzungen Getreides unter Kirschbäumen, dem herrschenden Fruchtbaum der Gegend, lösten sich ab neben unserem Wege, bis eine lichte Waldpartie uns aufnahm, und endlich ein Hohlweg über den Rücken der Höhe uns wieder abwärts geleitete, wo der östliche Auslauf des Bantigers sich in allerlei Felsgebilde, Tälchen und Schluchten, mit immer neu aufstrebenden Erhöhungen, bis nach Krauchthal und dem Lindental zu verläuft.

Im Vorbeigehen gesagt: Mein Freund war etwas umständlich bei diesen topographischen Angaben, weil er wußte, daß die Örtlichkeit mir bekannt sei und er die Neckerei haben wollte, mich mit ihrer Schilderung ein wenig zu quälen.

Friedliche und freundliche Hütten, jede vereinzelt, je nachdem hier oder dort auf dem ungleichen Grunde mehr Sonnenlicht oder mehr Schirm gegen die Wetterlüste zu erobern war, auch wohl nach Maßgabe gefundener Quellen oder glücklich gegrabener Sodbrunnen, aber jede von Obstbäumen umringt, mit einem Gärtchen auf der Sonnseite geschmückt, ergötzten bald unsere Blicke mit ihrer malerischen Erscheinung. Der Weg schien auslaufen und sich verlieren zu wollen bei diesen Häuschen, als wären sie ein hinlängliches Ziel für den Lustwandler, der das Horazische procul negotiis [weit entfernt von den Tagesgeschäften] anstrebte. Samuel phantasierte und spielte Variationen über das beliebte Thema der Einsiedeleien; während Adelbert fragte, ob diese Häuser wohl der Kirchhöre [Kirchgemeinde] Bolligen oder der Kirchhöre

Krauchthal eingepfarrt seien. Denn sehr gründlich bemerkte er, daß die Kirchspänigkeit [Kirchzugehörigkeit] der Ortschaften in der Schweiz ein lehrreicher Fingerzeig sei über die alte Landeskultur und die Zeitfolge der menschlichen Ansiedlungen.

Auf einmal jubelte Samuel, seine Spaziergerte schwingend: „Herrlich! Majestätisch! Eine wahre Riesenburg! Ein Titanenhaus!"

Der liebe Freund ist bekanntlich etwas kurzsichtig, was zur Beförderung des Enthusiasmus außerordentlich diensam [nützlich] ist. Adelbert war solcher Explosionen des Schönheitssinns bei seinem Gefährten allzu gewohnt, um nun aufzusehen. Ihn beschäftigte der Sandstein, der ringsherum, wo nur irgend die Hülle der Damm-Erde verschwunden war, sich ein wenig vorlaut – wenn ich so sagen darf – aufdrängte und dem kosmogonischen Altertum der Umgebung ein schlechtes Zeugnis sprach.

Mir hingegen war Samuels Ausruf erweckend genug, um mich hinschauen zu machen, wohin er sein Stäbchen richtete. Und lachen mußt' ich nun doch, als ich merkte, daß dem Entzückten die Felswände und Felszacken, welchen den Gerenstein tragen, als die Burg selbst erschienen, die dann freilich aus solchen Maßen erbaut, den alten zyklopischen Bauwerken Italiens und Griechenlands den Rang abstreiten müßte.

Jetzt gewannen wir plötzlich einen Fahrweg und befanden uns bei zwei oder drei Häusern mit Nebengebäuden, da wir denn auch links, in mäßiger Entfernung, die Hauptstrasse von Bern über Krauchthal nach Burgdorf gewahr wurden, und uns mit der bekannten Welt in den gehörigen Zusammenhang denken konnten. Das mißbehagte dem überschwenglichen Samuel, und behagte desto besser dem jetzt eben auch sich umsehenden Adelbert, der seinen Mund zu bester Belehrung öffnete, um inzwischen den Schweiß von seiner gelehrten und gedankenvollen Stirn zu wischen.

Die Strasse dort, begann er, ist im ganzen Land unter dem Namen der alten Strasse bekannt; und weiter unten noch, jenseits Burgdorf bei Wynigen, heißt sie so. Vermutlich wurde sie schon unter den Helvetiern vor der Römerzeit gebraucht, denn ich habe mich durch Nachdenken überzeugt, daß zwischen den Städten und Flecken, die laut Cäsars Berichte von unsern kriegslustigen Urahnen verbrannt wurden, einiger Zusammenhang bestand.

Und die Römer scheinen die Wege dieser Verbindung nur verbessert, mit Brücken und Dämmen ausgestattet, auch wohl mit Kastellen verwahrt oder beobachtet zu haben. Ich habe gehört, daß bei Gerenstein römische Münzen gefunden wurden. Und zu Sinneringen, am jenseitigen Fuße des Bantigers, sind Reste von einer römischen Villa zum Vorschein gekommen. Es dürfte von Aventicum her nach Bern – bei der jetzigen Enge vorbei – sich eine wichtige Landstrasse nach Burgdorf, vielleicht gen Zofingen, wenn dort das alte Tobinium stand, und endlich gen Windisch gezogen haben. Diese Enge scheint ein verschanztes Lager gewesen zu sein, zu welchem bei Bremgarten eine Brücke über die Aar geleitete. Wer weiß, ob nicht die Hunnen vor diesem Lager eine Schlappe gekriegt? Kleine Roßeisen, auf die breiten Füße der Schweizerpferde durchaus nicht passend, sind oft schon in einigen Wiesen und Feldern um Reichenbach und Bremgarten gefunden worden.

Noch im Mittelalter, ja bis ins 18. Jahrhundert, lief hier eine Hauptstrasse von der westlichen und südwestlichen Schweiz nach dem Aargau durch, während eine andere von Aventicum über das große Moos gegen Bürglen, Büren und Solothurn lief. Eine Vermutung, auf einige Spuren gestützt, läßt jene Strasse im jetzigen Marzili bei Bern über die Aar, und ferner über das jetzige Kirchenfeld hin nach Bolligen zulaufen; da bekanntlich die neue Aargauerstrasse durch das weiland unwegsame Grauholz ein Werk der neueren Zeit ist.

Vorwärts, vorwärts, ihr langweiligen Straßen-Inspektoren der Urzeit! rief hier Samuel, der natürlich auf Adelbert nur mit halbem Ohre gehört, und inzwischen den zweckmäßigen Zugang zu den vorliegenden Burgtrümmern ausgespäht hatte. – Wir können unterwegs ja gleichwohl plaudern, fuhr er fort, und wahrlich: Die Biderben [Biederen], Mannhaften, Frommen, Weisen und Fürsichtigen [Verständigen]; unsere Vorfahren in der guten Stadt Bern, hätten Gerenstein in hundert Jahren nicht erobert, wenn sie erst über alle Strassen der Helvetier und Römer einen grundgelehrten Antiquar hätten anhören müssen.

Hiermit bewegten wir uns nach der etwas vorspringenden Felsenpartie, welche uns grad' im Gesichte lag, und halb von Buschwerk, von einigen Buchen und Tannen, zumal von Kiefern, die dran und drauf in ziemlicher Menge hervorragen, malerisch verdeckt ist. Seltsam über die Massen ist an einem hoch aufstarrenden Felszinken ein offenes weites Portal, groß genug, um mit einem gewöhnlichen Fuhrwerk allenfalls durchzukommen; und just so sehr und wiederum so wenig regelmäßig, daß man zweifeln kann, ob Kunst oder Natur es gesprengt habe.

Nicht ohne Mühe klimmt man zu der Öffnung empor. Doch Samuel, der gleich von jeder Einzelheit ergriffen wird, die der Phantasie ein Spiel vergönnt, kletterte wohlgemut hinan, während Adelbert und ich einen Fußsteig rechts in den alten Burggraben hinein verfolgten, und bald gegenüber der Burg an einem begrasten Abhange zu der Stelle gelangten, wo ungefähr Lory seine Zeichnung scheint entworfen zu haben.

Da wir demnächst wieder hinabstiegen, die Burg dann neben dem Turm auf einem verzweifelt glatten und abschüssigen Pfad erklommen, uns mit Geflissenheit [Bedacht, Aufmerksamkeit] umsahen, mit Samuel wieder zusammentrafen, aber endlich zum zweiten Mal uns in den Graben, ja, zum zweiten Mal auf jenen Standpunkt der malerischen Darstellung verfügten; so fasse ich gleich zusammen, was wir nach anderthalbstündigem Herumtreiben als wesentliches Ergebnis davontrugen.

Die ganze Anlage zu dem weiland bedeutenden und starken Bau ist gewiß mit Umsicht und großer Arbeit gemacht worden; denn die Felsmasse, auf welcher er steht, hing wahrscheinlich mit dem übrigen Bergstocke zusammen und ist durch Menschenkunst, wo unser Bild es selbst erraten läßt, voneinander gehauen worden. Der Fels nämlich gegenüber dem Turme zeigt von oben bis unten durch seine senkrecht glatte, von unserm Künstler etwas malerisch variierte Wand, die unverkennbarste Spur der Bearbeitung, und zum Überfluß meldet die Sage, daß vor Alters eine Brücke von diesem Klippenrand hinüber auf das Schloß gegangen, was unwahrscheinlich ist, weil es andere, leichtere Zugänge gab und hier keine Merkzeichen eines hinzuführenden Weges erschienen - was aber auf eine sagenhaft entstellte Nachricht von ursprünglichem Zusammenhange des Gesteins hin deutet.

Jetzt bildet das eigentliche Burggebiet eine Art unregelmäßiger Felseninsel, die mit einem Halbkreis, aber auch mit einem Winkelmaß Ähnlichkeit hat. Die Ecke, oder des Halbkreises Ausbeugung, ungefähr gleich weit von den zwei Enden, ist zugleich die höchste Stelle des felsigen Standortes, und mag darum den einzigen hohen Turm der Feste getragen haben, der durch seine Bauart mit Bukkeln (en bosse) sich von andern Türmen der alten Schlösser dieser Gegenden nicht wenig unterscheidet.

Am wahrscheinlichsten kommt es einem vor, daß jenes Felsenportal zum Durchblick diente, um von des Wehrturms Höhe hinweg, trotz der sonst hemmenden Felszakken, auch nach jener Seite hin, entweder den argen Feind oder den arglosen Wanderer zu erlauschen.

Von dem Hauptturme hinweg zieht der schmale Felsgrat sich in zwei von einander wenigstens rechtwinklig, wo nicht stumpfwinklig abstehenden Linien um etwas niederwärts, und bildet zwei natürliche, fortlaufende Zinnen oder Letzinen [Talsperren], wie man diese Befestigung in der Schweiz zu namsen [nennen] pflegte. Doch war das Fortschreiten auf jeder, in einem mäßigen Abstande von dem Turme, durch einen tiefen in den Felsen gehauenen Einschnitt verwehrt; es sei denn, daß über diese Einschnitte vielleicht eine Fallbrücke auf die letzten Ausläufe des Felsengrates, als auf Vorwerke und Außenwerke der Burg, hinübergeleitet habe.

In dem unebenen, steil genug nach dem Hauptturm emporsteigenden Raume zwischen den zwei Felsenarmen mag, hinlänglich von beiden Seiten geschützt, und nach unten durch Palisaden oder Lebhägen wider den ersten Anlauf bewahrt, das eine oder andere Wirtschaftsgebäude des Burgherrn gestanden haben; denn oben auf dem Felsrücken war der Raum allzu eng dazu. Im Übrigen hatte man Keller, und wohl gar ein Wohngemach im Felsen angelegt, so wie das Verließ des Turmes nicht minder in die gediegene Sandfluh eingehauen ward, und ein verschütteter Brunnen sich zeigt, der ein Sod von beträchtlicher Tiefe mag gewesen sein. Doch hatte die Weichheit des Sandsteines allenthalben die Arbeit erleichtert, ob diese gleich immer auf einen reichen und mächtigen Erbauer schließen läßt.

Des Schlosses ganze Örtlichkeit war seltsam genug. Es lag, von keiner Seite her gesehen, bis man fast unausweichlich nahe dabei war, - in einer Art von Hinterhalt. Und doch erhob sich der oberste Gipfel des Turms wie ein Pharus [Leuchtturm] und mußte reichliche Fernsicht gewähren, indem die Anhöhe gegenüber nach Westen eine solche darbietet, und nach Norden, jenseits benachbarter Waldhöhen, den langen Mammutrücken des Jurassus [Jura] mit dem Buckel der Hasenmatt erblicken läßt.

Rings ist die nächste Umgebung ein Labyrinth von Hügeln, von tiefliegenden Wiesengründen, von nackten rundgespülten Sandsteinfelsen und von Waldschöpfen [Waldkuppen], hin und wieder mit ländlichen, keineswegs armseligen Wohnungen, bald an einer sonnigen Halde, bald in einem stillen Verstecke dergestalt besät, daß man sich einsam und doch nirgends verlassen fühlt. Amseln, Drosseln, Schwarzköpfe schlagen aus zahlreichem Gebüsche; das Glöcklein weniger, im Weiden begriffener Schafe läutet abgebrochen drein; und je zuweilen pfeift oder jauchzt ein munterer Junge, dem es zu still geworden, in die Lüfte hinauf, da denn ungesehene Kameraden, hier, dort, in den Winkeln ihre Antwort gellen.

So erschien uns die Burg mit ihrer jetzigen Umgebung, und kaum etwas Wesentliches unterscheidet sie von andern ebenso alten Schloßtrümmern, wenn nicht eine Merkwürdigkeit, die wir ganz zuletzt nur ins Auge faßten, da sie durch Verwitterung bis nahe an ein völliges Erlöschen gekommen, und darum fast unbemerkbar ist. Auf Lorys Bilde steht sie rechts unten an der Felswand, gegenüber dem Turme; doch in etwas vielleicht deutlicher ausgedrückt, als man in der Wirklichkeit sie finden dürfte; denn zwei bis drei Jahre Unterschied müssen jetzt viel dabei ausmachen.

Wir pflanzten uns mit großer Aufmerksamkeit vor die Figur, sobald ein Mädchen, das gerade mit einigen Ziegen herbeigekommen, uns dieselbe wahrnehmen ließ. Aber Freund Adelbert war im Augenblick fertig damit. Pfui! rief er über das Fratzenbild. Erkennt denn nicht jeder Tropf das armselige Feierabendspiel eines müßigen Steinbrechers darin, dem die Finger noch juckten, und der es zur Belustigung seiner Bübchen mit krassem Umriß in den Sandstein meißelte? – Auf diesen prosaischen Orakelspruch machte Adelbert etwas höhnisch rechts umkehrt, und ließ uns zwei andere Glotzer ein wenig verdutzt die Versuche höherer Auslegungskunst selbander [selbst] im Ferneren entwickeln.

Da ergoß sich Samuels Suade [Redefluß] wie der Schwall eines Wässerungsbaches nach aufgezogener Schleuse. Greulicher Erzprosaiker doch unser Adelbert! Er würde uns weis machen, wenn wir's anhören wollten, das Kolosseum in Rom sei in der Urzeit von Korallentierchen auf altem Meeresgrund aufgeführt worden, und die neugefundenen, so herrlichen äginetischen Bildwerke seien Anthropolithen, etwa versteinerte Helden aus dem trojanischen Kriege, die man in einem griechischen Kunstkabinett aufbewahrt, jetzt aber durch einen demütigenden Zufall wieder gefunden, um sie zu Phidias-Werken zu panegyrisieren [verherrlichen] und sich den Ohren-Orden des phrygischen Midas daran zu verdienen.

Solchergestalt erhub Samuel mit Unwillen seine Stimme, hier ein merkwürdiges historisches Wahrzeichen aus dem gepriesenen Mittelalter erkennend. Ja, so lang er sich nur in den Kopf des Bildwerkes vertiefte, der besonders stark in erhobener Arbeit herausstand, hatte er nicht übel Lust, etwas von Druiden und keltischen Kriegsgöttern zu munkeln, wobei er sich namentlich auf den dargestellten Kegelkugelkopf jenes Götzenbildes in den Schweizerischen Altertümern [Heft 2, Bern 1823] berief.

Doch als er die gesamte Figur jetzt durchmusterte, sank ihm der Mut um sieben oder acht Jahrhunderte tiefer. Und es träumte ihm von einem frommen Waldbruder, der in diesen Felsschluchten gehaust habe, und dessen Andenken hier in den rohen Umrissen, nach der gesunkenen Kunst jener Zeit, den Bewohnern der Gegend sei aufbewahrt worden. Dies sei handgreiflich bewiesen, meinte Samuel, durch das Kreuz, welches wie zum Segnen in der rechten Hand der Gestalt sich gen Himmel erhebe. Mit der linken Hand aber nahm unser Freund es nicht so genau. Und in der Tat: Die Verwitterung des Bildes ließ unentschieden, ob ein Schwert, ein Stab oder ein Rosenkranz hinabwärts vorgestellt sein solle; oder ob etwas Rundes, ein Schild, ein Korb, ein Pilgerhut, seitwärts unter dem Arme hinausgestanden.

Doch Samuel fand im mindesten kein Arg an diesem Übelstande und ergoß sich vielmehr in eine wohlgestellte Anrede an das Rätselgebilde: Sei immerhin mir gegrüßt, du ehrwürdige Reliquie der ehrwürdigen Vorzeit! In unzähligen Seelen vielleicht, dort oben über dem Sternengefilde, blüht noch die Erinnerung an die Hülle des Frommen, der einst in diesem Felsental Gottseligkeit lehrte und christliches Wohltun übte. Hienieden erlischt bald auch der letzte Zug, der die segnende teure Gestalt einst dem andächtigen Bewohner zu dankbarer Verehrung aufbewahrt hat. Leibes- und Seelenarzt, mag der friedliebende Bruder hier gewaltet haben, wie die Genien des hellenistischen Mythos. Und hätten Polyklete den heiligen Mann uns dargestellt, so würden wir ein Ideal erhalten haben, weit über die Herkules, die Meleager, die Theseus, welche nur aus irdischer Not zu erlösen vermocht.

Alles über den Gegenstand war nun erschöpft, und in unbewußtem Gefühle vielleicht, daß da nichts mehr zu sagen, nichts mehr zu mutmaßen sei, wandten wir uns beide fast instinktmäßig von dem Bilde wieder weg, und klimmten bald atemlos auf dem unscheinbaren Pfade hinan, den Adelbert vor einer Weile schon eingeschlagen.

Er führte zu einem Bauernhause, von welchem in diesem Augenblick Adelbert gegen uns zurückkam, indem er sogleich uns zurief: Lagern wir uns an dieser lieblichen Stätte! Setzen wir uns unter den Zwetschgenbaum hier und trinken eine Schüssel Milch, die der unwürdige Prosaiker des altertümelnden Kleeblattes euch Phantasten und Grüblern hat bereiten lassen! Im Anschauen des zerbröckelnden Turmes gegenüber wird es an zeit- und ortgemäßen Ideen zur Unterhaltung gewiß nicht fehlen.

Ein wenig unzufrieden mit der Form, aber höchst zufrieden mit dem Inhalte dieses Vorschlags, leisteten wir, wie bei solchen Fällen zu geschehen pflegt, stillschweigend aber nicht allzu hastig Folge, und sahen auch bald ein rüstiges Bauernweib mit einer beblümten – doch nur von dem Töpfer beblümten – weitbäuchigen Kachel dahertreten, während ein allerliebstes, reichlich angezogenes, elf- oder zwölfjähriges Mädchen einen vierpfündigen Laib vortrefflichen Hausbrotes, samt sturzenen [schadhaften] Löffeln und gewöhnlichen Tischmessern hintennach trug. Die Frau wußte gut genug einen Knicks zu machen, ohne die Milch in Überschwung zu bringen, und stellte die Kachel in unsere Mitte, nicht ohne sorgfältig ein Steinchen unterzulegen, wo das Geschirr ein wenig zu neigen drohte.

Doch alle sechs Augen des altertümelnden Kleeblatts, um nach Adelbert zu sprechen, unterhielten sich vorerst mit dem unschuldigen, neuen und jungen Gesichte des Mädchens, das nicht ohne natürliche Grazie jetzt Brot und Messer überlieferte, wobei – ich will es nur ausbringen – der idealistische Samuel es realistisch genug einzurichten wußte, daß er des Kindes niedliche Hand berühren konnte, was aber aus Höflichkeit von uns Kollegen unbeachtet, von dem Kinde selbst, bei voller Unbefangenheit, als gar nichts bedeutend, auch völlig ungerügt blieb.

„Liebe Frau!" begann jetzt Adelbert zu der Mutter: „Ist niemand recht Altes in diesen paar Häusern aufzutreiben, der von dem Gerensteine dort, und insonderheit von dem seltsamen Bilde am Fels im Graben uns einigen Bericht erteilte?"

„O wohl freilich!" versetzte das Weib: „Da ist Waldjaggi, der könnte genug sagen. Aber es wird ihm schier zu beschwerlich sein, zu den Herren daher zu kommen. Die Füße tragen ihn nicht mehr. Sonst könnte Peter, der Schulmeister …"

„Bleibt mir vom Leibe mit Schulmeistern!" rief hier Samuel so lautherrschend aus, daß Mutter und Töchterlein ordentlich zusammenschraken. Er merkte sein Ungeschick, und fuhr gemäßigter fort: „Die Schulmeister sind uns halt zu gelehrt! Sie wollen es immer zu gut machen, und allerhand Kram aus Büchern daherbringen. Und Bücher haben wir gelesen, daß es ein wahrer Jammer ist. Wir mögen gern etwas Ungedrucktes von solcherlei Altertum, ich nämlich und meine Freunde; so was von Sagen, Überlieferungen, Volkshistorien …"

„Ja, so Märlein!" unterbrach die Frau: „Die Herren wollen mich aber doch nicht zum Besten haben? Für dergleichen hübsche und kluge Leute – (ich mußte mich räuspern bei dem Lobe) – werden unsere einfältigen Bauerngeschichten zu dumm sein.

Sonst wäre da Kräuterkäthe, die alte siebzigjährige Törin (Gäuchle, sagte das Weib), die wüßte schon zu erzählen; denn sie hat selbst noch bei dem Schlosse gesehen, was von den Jungen wohl niemand gesehen hat."

„St! St!" flüsterte Samuel gegen uns hin, und lauschte sich jedes Silbchen von der Lippe des Weibes weg.

„Als die arme Tröpfin noch jung war," fuhr - ohne sich zu unterbrechen - die Frau in ihrer auftauenden Geschwätzigkeit fort, „da ging sie drüben – es ist noch immer das Schulhaus – alle Winter in die Schule, wie später wir Andern auch, und da soll's alles begegnet sein.

An einem der ersten Austage [Tage des ersten Ausgehens und Arbeitens außer dem Hause im Vorfrühling] nämlich, wie der Schnee schon meistenteils weggeschmolzen war, kömmt das gute Kathrinchen den Fußweg herauf, durch den alten Schloßgraben, und denkt an nichts und sieht allein auf seinen Weg, wie den Schulkindern wohl zu begegnen pflegt.

Mit einem Mal aber, da es von ungefähr zur Seite blickt nach dem alten Turm am Twingherrenschloß, so gewahrt es im vollsten Sonnenschein den allergrößten Schneefleck, den es an diesem Tag gesehen, und kann sich nicht genug darüber verwundern, weil ja die Stelle ganz frei nach Morgen und Mittag zu liegt, und rings auch an den schattigsten Plätzchen jede Flocke hinweggeschmolzen war. Indem so hebt ein Lüftlein das eine der Zipfelchen des Schneefleckes gelind in die Höhe, und jetzt erkennt auch Kathrinchen, daß ein weißes Laken mit Fleiß da verspreitet [ausgebreitet] sei, was ihm denn sonderbar vorkam, weil es recht mühsam ist, zu dem Turme hinaufzuklettern, und allenthalben nähere gute Plätze bei den Häusern sind, um etwas zu trocknen oder zu bleichen.

Neugierig ging das Kind, so gut sich's gerade tun ließ, etwas näher, und meinte bald, auf dem Tuche verbreitete Bohnen zu unterscheiden, die weiß und gelb, fast wie Silber und Gold anzusehen gewesen, auch mehr als die vollsten und saftigsten Böhnlein von natürlicher Frucht in alle

Weite erglänzten. Da kam aber dem Mädchen das Ding fast lächerlich vor, daß man im Frühling die vorjährigen Böhnchen noch sonne; denn es dachte an nichts Ungeheures und ging des Weges nun weiter bis vollends in die Schule, wo es die Sache sogleich wieder vergaß und nicht ein Wörtchen darüber verlor.

Heimgekehrt indessen, wie es abends, nach Kinderbrauch von allen Geschichten des Tages berichtete, schüttelten Vater und Mutter gar bedenklich den Kopf, verdeuteten dem Kinde, nie wieder von diesen Dingen zu reden, und schlichen – wie Käthe wohl später es vernommen hat - sogleich nach der Stelle, wo das Laken zu sehen gewesen, erblickten jedoch weder dazumal noch später jemals das mindeste, so sehr sie auch erpicht waren, wenigstens über die Bohnen etwas in Erfahrung zu bringen."

„Mehr kann ich den Herren nicht sagen", schloß die Frau. „Es raunen einige, die Käthe sei ein Fronfastenkind [Kind der Fastentage]. Und wenn sie ausgehe, Kräuter zu suchen, so sehe sie manches daran und darunter, was ein anderer sein Lebtag nicht gewahr werde. Auch soll sie verstehen Alrünichen [Alraunen] auszugraben, und das soll eine köstliche, vornehme Kunst sein.

Wenn's aber die Herren befehlen, so kann mein Kind ja hinlaufen, und das Mütterchen herbeiholen. - Für einige Batzen schwatzt es viel, ob es gleich nicht eben arm ist und sein bißchen Geld wohl eher in die Kräuterbündel versteckt, die es bedürftigen Leuten wider allerlei Gebresten und Krankheit ins Haus trägt, derweil es von den Kräuterhändlern oft blanke Taler für eine einzige Ladung bekommen soll."

„Eine wahre Meg Merilis [keltische Sagengestalt]! Eine Norna [nordische Schicksalsgöttin]!" – rief ich hier aus –

„oder sonst eine Walther Scottische Gestalt! O, hurtig, hurtig, liebe Frau, schickt hin! Ich vergolde die Alte mit Vergnügen. Läßt sich doch mit einem ausgeschlagenen Dukaten ein kompletter Reiter samt Ross von der Fuß-sohle bis zur Scheitel übergülden [vergolden]. Wie mit viel weniger denn unfehlbar ein zusammengefallenes Mütter-chen. Wir sind Lumpen, wenn wir es nicht tun!"

Während das Kind sich hinüber sputete zu einem der na-heliegenden Häuschen, betrachtete Freund Adelbert mit Seelenruhe die Milchschüssel und die Messer, der volks-tümlichen Land-, Dorf- und Haus-Philosophie sich er-freuend, die mit sprichwörtlichen Lehren oder Geboten den leiblichen Gebrauch dieser Geräte bestmöglich ver-geistigt.

Wenn du die Kachel leeren willst,

Denk' immer, wer sie wieder füllt!

war der Spruch, der weiß auf dunkelbraun zwischen zwei Blumenbördchen [Blumenrändern] am Rande der Schüs-sel umlief.

Dies führte den regen Samuel gestracks [schnurstracks] auf die sieben Weisen Griechenlands und auf die gnomi-sche Poesie der Hellenen, indem er versicherte, daß sie wahrscheinlich eben so hausbacken angefangen hätten als die schweizerische.

Aber müde des stets hochfliegenden Gedanken-schwungs, zeigte Freund Adelbert lächelnd sein Messer-heft, auf welchem bräunlich in weißem gemeinem Beine zu lesen war:

Schneid' immer, lieber Gast,

Das Brot nur, das du hast!

Dieser verständige Wink, meinte der trockene Prosaiker, sollte uns eine Weisung sein, was wir zu tun hätten. Noch habe ich keine historische Silbe von dem alten Gerenstein verlauten gehört; und weil doch des trefflichen Walther Scotts Erwähnung geschehen, so laßt uns würdig in seine Fußstapfen treten und aller Sagendichtung, allem blumenreichen poetischen Eintrag, vorerst einen haltbaren, urkundlichen Zettel bereiten. Wer gibt uns die Geschichte des Ritterschlosses?

„Mögen also wohl" – glossierte Samuel – „auf ihrem ritterlichen Twinghause zu Gerenstein vormals getan haben, als ander gottlos Lüt, mit Wegelagerung, Friedensbruch, Dirnenraub. Ich sehe sie schleichen in den Felsschlüften … "

Mein flugs etwas lauter sich dahinwälzende Strom der diplomatischen Erzählung zermalmte das aufschießende Reis von Samuels Dichterphantasie.

[Der folgende Abschnitt wurde weggelassen: Darin wird die erfundene Geschichte von Geristein nach Justinger erzählt.]

„Und wie es weiter folgt", rief Adelbert. „Ich habe meinen Justinger eben auch zu Hause, nur daß ich ihn nicht auswendig kann. Übrigens schließe ich aus dem Ereignis, daß Gerenstein auch damals in seinen Trümmern lag; denn sonst hätte es entweder den Kyburgern sich zum Verstecke geöffnet, oder hätte den Bernern ein Warnungszeichen gegeben."

„Verschone, verschone!" – ließ nun Samuel sich hören. „Muß ich zur verbrieften Geschichte noch die mutmaßliche in den Kauf nehmen; so könnte mir schwindlig werden. Ich schmacht nach der Gerensteinischen Norna; daß ein Mund voll Poesie dem trockenen Gericht hinunterhelfe, welches der Historicus da so schlechtlich [schlecht] zum Besten gegeben. Doch – aufgeschaut! Sie kommt daher, die umgekehrte Veleda [germanische Seherin] oder Ganna [Gestalt der indischen Mythologie] des Burgreviers. Ich darf ja wohl anwenden auf sie, was ein Neuerer von den Geschichtsschreibern sagt, sie seien rückwärts gekehrte Propheten. – Ei, guten Abend, Mütterchen!"

Sie trippelte heran, die Alte, und schien sich's geschäftig zur Pflicht zu machen, uns einen Gefallen zu tun. Aber man müßte just Walther Scott sein, - (um Kürze halb ihn selber für den Verfasser von Waverley zu nehmen), wenn man es anschaulich machen wollte, wie wenig die schlicht aufziehende Kräuterkäthe mit einer von jenen geheimnisvollen, ja dämonischen Weibergestalten bei Scott zu vergleichen war. Zersetztes, Wildes, Grausiges fiel da nichts in die Augen, und fast wäre Samuel ein wenig kleinlaut geworden, als er das musternd überschlug.

Indessen Adelbert sich vergnügt bezeigte über das reinliche, stille, gehaltene Aussehen der anspruchslosen Frau, das nichts Phantastisches und nichts Läppisches gewärtigen ließ. Im schwarzen halbtuchenen [aus leichtem und feinem Wollgewebe] Rocke, mit dunkelbraunem, vorn zusammengehefteten Wollwamse, dessen Ärmel bis mitten auf den hageren Vorderarm gingen; ein dürrer doch nicht mißwachsener Leib; der Kopf nicht ohne braunrote Bäcklein und blaue lebhafte Augen, eine schwarze Kappe mit schmalen, altmodisch herunterhängenden, rötlich abscheinigen [glänzenden] Spitzen; darüber ein sogenannter Kopflumpen, der knapp das Hinterhaupt umschloß und im Dreieck auf den Rücken fiel; endlich ein ungeschälter Hakenstock in der Rechten, um die sinkende Gestalt einigermaßen aufrecht zu erhalten; - siehe da, die Kräuterkäthe, das greise Fronfastenkind von Gerenstein!

Ich ward unwillkürlich dem Mütterchen gut, daß es so unscheinbar eintrat; denn mir hat stets geschienen, zu Stadt und Land, daß Leute, die mit sich selbst und mit Allmutter

Natur in einfältigem Frieden lebten, auch keine Fratzen und Gaukeleien in ihrem Äußeren duldeten. Also grüßte ich von Herzen, und lud die Frau zum Sitzen auf ein Stühlchen ein, das zu diesem Behufe vorsorglich von dem jungen Mädchen war mitgebracht worden.

„Nichts für ungut, liebe Stadtherren!" fing Käthe gelassen an, sobald sie den Atem wiedergefunden, der im Herkommen ihr ausgegangen war. Sie wollte damit ihr Sitzen entschuldigen und ging dann rasch zur Hauptsache fort.

„Ich bin ein unwissendes, altes Bauernweib und weiß nicht, was ich so hübschen, gelehrten Leuten berichten soll. Aber was ich von den Alten gehört habe, will ich vorbringen, so gut ich kann. Es werden leicht fünfzehn Jahre sein, daß ich's niemandem mehr erzählt habe. Das Gedächtnis der Zeiten vergeht, und alles schwimmt im Wirbel des großen Wassers zu den Brünnlein. Wo das Lauterste fließt, mag die Welt von heutzutage nicht gerne hinaufgehen. Aber verzeiht, ihr Herren, wenn ich die Geschichten nicht ordentlich mehr vorbringen kann! Ich gehe meinen Kräutern nach und sinne wenig mehr an das Vergangene; das freilich oft, wie der verständige Herr Pfarrer sagt, zu Gedicht und Fabelwerk mag geworden sein."

„Nur von dem eingehauenen Bild im Graben erzählt uns!" – fiel Adelbert hier dazwischen. – „Es ist doch wohl nichts als eine müßige Macherei?"

„Für Euch, o ja freilich, lieber junger Herr!" versetzte die Alte mit einem Tone von leisem Unwillen und von Mitleid, der verriet, daß sie mehr an die Sagen der Vorzeit glaubte, als sie es Wort haben wollte.

„So laß die Frau doch gewähren!" – zürnte Samuel: - „und ihr guter Spruch finde bei dir eine gute Statt!"

Käthe fuhr fort und schien sich etwas gehoben zu fühlen durch diese Weisung an den ungläubigen Adelbert. –

„Das Bild im Graben, " sagte sie, „macht freilich die Hauptsache; das kommt alles, wenn ich's ordentlich vorzubringen vermag.

Es war in den alten Tagen, wie Bern noch jung heißen konnte, daß ein gestrenger Twingherr auf Gerenstein saß, mit Namen Herr Aimo, der gehaß [feindlich] war den Bernern und sie schädigte, heimlich und öffentlich nach seinem Vermögen, mit Überfall, Raub und Krieg. Es saß aber auch zu Bolligen ein frommer und tugendsamer Ritter, genannt Herr Yvo, der ein Burger worden zu Bern, samt seinen zwei Brüdern, und der allen Schaden zu wenden von der guten Stadt sein Bestes daran setzte; Blut wie Gut, zu jeder Stunde.

Der Herr von Gerenstein denn hatte ein bildschönes Kind auf dem Schlosse, das alle Welt mit zauberhaften Augen betörte und seines Namens Viola hieß. Dieses Fräulein galt für die Tochter des Herrn von Gerenstein, und wußte niemand von der Mutter Bescheid, dieweil Herr Aimo das Kind von einer Heidin aus Türkenland ..."

Adelbert hustete bezeichnend, konnte aber doch sich enthalten, das Mütterchen im gemütlichen Ausströmen der Sage zu unterbrechen.

"...Einer Heidin aus Türkenland bekommen, wo er in seinen Jugendtagen einem Kriegszuge beigewohnt. Greulich ist aber zu sagen, daß Herr Aimo das Kind im blinden Heidenglauben an den Abgott Mahomet erwachsen ließ, und doch seine Schönheit mißbrauchte, die jungen Christenritter des Landes anzulocken, daß sie gegen Bern entzündet würden und ihm sich verbündeten.

Eines Tages aber geschah, daß Herr Yvo hinaufritt von seinem Ritterschloß nach dem Gerenstein. Denn ein großer, blutiger Streit wollte sich erheben, von allen Feinden der Stadt Bern gegen die redliche Burgerschaft. Und Herr

Yvo gedachte in seinem biederen Herzen, wie er den Twingherrn zu Gerenstein abwendete von dem Krieg und gewinnen möchte für die fromme, herzliche Stadt. Der Twingherr aber tat freundlich gegen ihn, hieß die Becher vollschenken des köstlichsten Weines aus Cypria [Zypern], und ließ das Fräulein hereintreten in aller Herrlichkeit und Saitenspiel, daß es die Becher kredenzen und ein Lied anstimmen sollte zu Ehren des Gastes.

Das gefiel dem jungen Rittersmanne trefflich wohl. Und als nach einer Weile Herr Aimo hinausgerufen ward, nach listiger Verabredung, da breitete Viola ihr Vogelgarn aus, den Gimpel, wie sie dachte, zu fangen, und hub an von adeligem Wesen, Pracht, Hoffart und Reichtum viel zu rühmen, was die Metzger und Gerber in den Städten nicht verständen; und sagte auch viel von tödlicher Feindschaft, wie die Burger wollten austilgen den Adel, und hätten nur die Betörten, - wie zu ihres Herzens Leidwesen er selber sei – als Lockvögel oder Stossvögel aufgenommen, andere damit zu fangen. Dermaleinst aber würden sie alle zusammen abschlachten in einer einzigen Metzge [Schlachtvorgang], das ja wohl zu merken sei.

Hiermit so zeigte sie dem Ritter wie von Ungefähr auch die Kostbarkeit ihres Schmuckes und den Schatz ihres Geldes, als wollte sie ihn fragen, ob solcherlei gemacht sei, von den Pfistertöchtern und Zimmermannsfrauen getragen und verschleudert zu werden. Das sei aber das Ende, wenn die Edlen nicht tapfer zusammenhielten gegen das Gelichter in der Stadt."

„Verzeiht, ihr lieben Stadtherren!" unterbrach sich die Alte hier selbst mit einem trockenen Tone, wie ein Fieber-Phantasierender, der etwa in augenblicklicher Besinnung ihn annehmen würde.

„Armes junges Blut!" fuhr sie fort. „Nicht die Reden, nicht die Kostbarkeiten, aber die zauberhaftigsten Augen und die Goldflechten der Haare und die ganze Holdseligkeit des Fräuleins überwältigten sein Herz, daß er seufzte, schwieg, abermals seufzte und wie betäubt vor den Kasten und Kästlein stehen blieb.

Zuletzt, als die Heidin schon insgeheim zu lächeln anhub und den Ritter einzuspannen gedachte in ihr sündiges Joch, gab der Geist dem Jüngling ein zu fragen: Aber schönes und kluges Fräulein! Warum ersehe ich unter all dem Schmucke da des Erlösers heiliges Kreuzzeichen nicht, das doch einer christlichen Jungfrau zu tragen so besonders wohl ansteht?

Und mit einem Male flog ein höhnisches Grinsen über das Gesicht des Fräuleins. Aber sie bezwang sich schnell und versicherte, daß es in der Tat ein seltsamer Zufall sei, der ihr nur nicht aufgefallen. Da erbat sich's der Ritter, das gesegnete Zeichen ihr darbringen zu dürfen; worauf das Fräulein halb süß, halb bitter, sich abwandte und einige Worte murmelte, die der Ritter nicht verstand.

In diesem Augenblick aber trat der gestrenge Herr Aimo wieder herein, gab einen Wink, auf welchen das Töchterlein sich zögernd entfernte, nahm wiederum Platz am Zechtischlein und fing an, nach der Frucht zu tappen, die seines Bedünkens [seiner Meinung nach] unter dem Sonnenschein den zauberhaftigen Augen schon hätte zeitigen sollen in dem Herzen des jungen Ritters.

Doch das Fortgehen des Fräuleins hatte dem Jüngling wieder Luft gemacht. Und er fing an, von seinen lieben Mitbürgern und einer teuren Stadt Bern zu reden und gegen den bedräulichen [schrecklichen] Streit; und wie die Stadt sich immerfort alles geziemenden Rechtes erboten, und wie die Grafen, Freiherrn und Edlen nur in unbilligem Neide sie bekriegen wollten.

Ob dieser Rede jedoch war der junge Herr wohl etwas eifriger geworden als klug sein mochte, und nicht sah er die Stirne des Gerensteiners auf und ab zucken, daß die Kraushaare des ganzen Vorderkopfes sich sträubten und wieder sich legten, wie ein Kornfeld im Wettersturm.

Aber mit einem entsetzlichen Schlag schmetterte des Twingherrn Faust urplötzlich den Zechtisch in tausend Trümmer und – von unbändiger Gewalt wie der Grausame war – packte er den erschreckenden Jüngling an der Gurgel, indem er schrie als ein Besessener: Schweigst du nicht bald, du Pfaffenknecht, mit deiner Predigt! Hätt' ich nur alle deine Halunken-Burger ..."

„Ich sag's ungern, liebe Herren! Aber es ist die Landmähre so: Man kann's nicht anders berichten als es ergangen ist."

„Hätt' ich sie, hätt' ich sie hier! Du sollst es vorschmecken, wie ich sie kitzeln wollte! - Hiermit trug er in seinen eisernen Armen den halb zu Tode Gewürgten rasch an das Bogenfenster und warf ihn – während Fräulein Viola mit Schreien und Weinen herbeistürmte – risch [schnell] in den Burggraben, wo dichtes Strauchwerk den Leichnam also bald umfing. Aber einmal in die grimmige Wut geraten, wendet Herr Aimo flugs sich zu dem Fräulein um, das mit Jammergekreisch ihm vergebens nachgeeilt. Er packt's an dem Arme, zerrt es treppunter in die Kammer, wo sie alle gewesen, schmettert die Tür in Schloß und Riegel, sperrt das Kind ein und brüllt in seinem Zorne: So heul' und flenn' in Ewigkeit um vermessenes Bernerblut!"

„Hier, meine besten Herren, ist die Geschichte so gut als aus. Denn nie haben die Leute übereingestimmt, wie sie des Weitern verlaufen. Einige sagen: Aber in Scham über die erlittene Schmach und aus herrlicher Dankbarkeit gegen seinen Gott, der ihn von den Todespforten zurückgerissen und ihm eine Zeit der Busse vergönnt, sei er ein Waldbruder in den Felsschluchten des Bantigers geworden. Aber in stiller Nacht sei er oft an die Burg geschlichen und habe sein Ebenbild in den Felsen dort gegraben, daß es das Kreuz empor halte gegen das Schloß, der heidnischen Jungfrau Bekehrung zu predigen von ihrem gottlosen Sinne.

Doch andere sagen, der Jüngling sei alsbald tot gewesen von dem entsetzlichen Sturze. Und nie sei er begraben worden. Aber in leuchtender Gestalt sei er, zum Schrekken des Twingherrn und zum Trost des Fräuleins in ihrer Gefangenschaft, dort im Schloßgraben an der Felswand stehend erschienen und habe ein flammendes Kreuz mit der Rechten in die Höhe gestreckt, um die Erfüllung seines Versprechens anzudeuten, daß er die Jungfrau beschenken wolle mit dem heiligen Zeichen.

Fräulein Viola jedoch verlor in ihrem Gefängnis den armen Verstand. Immerfort sah sie den schönen, unschuldigen Jüngling neben sich und bereute, daß sie nicht ihrem Herzenstriebe gefolgt sei, von jeder Verführung abzusehen. Allmählich ward sie still und stiller, und nichts mehr gab ihr Beschäftigung, als seufzend ihre Kostbarkeiten, Gold und Silber auf weißen Tüchern zu verspreiten, als sollte sie wieder dem unglückseligen Ritter von Bolligen alles vorspiegeln.

Über Jahr und Tag aber, wie der Krieg mit Bern endlich ausgebrochen und die vornehmen Herren eine große Schlacht verloren hatten, da zogen die sieghaften Leute von Bern auch gegen den Herren von Gerenstein, erstürmten das Schloß und zwangen den Twingherrn, sich zu ergeben, wobei geschah, daß durch einen großmächtigen Schleuderstein, während die Feste belagert ward, das verwirrte, jammerselige Fräulein den plötzlichen Tod erhielt, der allein die Qual ihres erbärmlichen Lebens endigen konnte."

„Und dieses Fräulein, sagt es nur, gute Frau", fuhr Samuel hier mit einer Art von Begeisterung empor. - „Es erscheint noch? Es spukt in dem alten Burgstall? Es spreitet Gold und Silber auf Leinlaken aus? Man hat's bei Menschengedenken noch gesehen?"

„Da bewahre mir der liebe Gott mein Maul!" versetzte die seltsame Käthe und stand jählings, wie aus überfallender Ängstlichkeit auf, verneigte sich und wünschte guten Abend; so daß kaum noch Samuel ihr einhändigen konnte, was er ihr für ihren mühsamen Gang und den Zeitverlust mit Herzlichkeit anbot und was als Nebensache mit kurzem Dank ihm abgenommen wurde.

Wie die Sage ungleich auf uns alle wirkte, läßt sich leicht ermessen. Wir fanden uns jetzt auch mit der Bäuerin und ihrem Töchterlein wegen Milch, Brot und guter Bedienung ab. Der Mond war eben aufgestiegen, da er gerade im letzten Zunehmen stand; und wir traten ungesäumt den bekannten Rückweg in der großen Strasse über Bolligen und die Wegmühle an.

Samuel romantisierte fortwährend von der alten Zeit. Bei Adelbert rührten sich Grillen über das Unwahrscheinliche in der Erzählung des Kräuterweibes. Ich aber – gegen Prosa und Poesie gleich unparteiisch und Gott sei Dank für beide gleich empfänglich – überschlug den Gewinn des Nachmittags und fand ihn für Menschenkenntnis und Lebensgenuß nicht zu verachten. Aber freilich, in meiner gedrängten Darstellung ist das nicht am Einleuchtendsten.

Hier endigte mein Freund, und ich lächelte seiner Besorgnis. Wäre nur mir gelungen, den Lesern zur Hälfte die Lebendigkeit seines Vortrages anschaulich zu machen!

Abbildung 5: Kauw - Ägerten am Gurten

„Aeggerden"

Aquarell von Albrecht Kauw, 26 x 36 cm

Ansicht von Südwesten.

Datiert „J674". - Nach Meinung des Verfassers in die 1770er Jahre zu setzen.

Ein Kunstgriff des Malers ist anzumerken: Dieser stellte die dem Betrachter zugewandte Seite als abgeholzt dar, um einen vollständigen Blick auf die Ruine zu ermöglichen.

Wiedergabe mit freundlicher Genehmigung des Bernischen Historischen Museums, Bern

Foto: Stefan Rebsamen

Über die Burgruine Ägerten am Gurten

Die Ruine Ägerten liegt etwa vier Kilometer südlich des Zentrums von Bern auf einem heute bewaldeten Hügel des östlichen Gurten-Bergs.

Zu sehen ist von dieser Wehranlage noch ein markanter, rundlicher und künstlich überhöhter Burghügel mit der Höhenangabe 814 Meter. Auf der Südost- und Nordwestseite sind der Motte tiefer gelegene Zwischenplateaus vorgelagert.

Der Burghügel ist auf drei Seiten von einem Ringwall umgeben. Auf der vierten Seite - gegen Nordosten – machte der Steilhang einen Wall überflüssig.

Gegen Süden ist dem Ringwall eine Rampe vorgelagert, die durch einen großen Findling gekennzeichnet ist. Gegen Osten schließt sich ein kurzer Hohlweg, gegen Westen eine Grube oder ein Graben an.

Das Vorwerk im Süden bildet eine schmale, langgezogene Terrasse.

Der große erratische Block vor dem Wall (Koordinaten: 601'310/195'560) dürfte als Vermessungsstein gedient haben.

In der alten Landvermessung, die der Herausgeber herausgefunden hat, war Ägerten am Gurten mit der Eggliburg bei Rapperswil bei Bern durch einen Himmelswinkel von 347° NW verbunden. Die Linie bildete die Querteilung eines Henkelkreuzes oder Ankhs, welches in die Altstadt von Bern eingemessen war.

Der Schnittpunkt mit der Längsachse des Kreuzes liegt beim heutigen Käfigturm. Der Stiel des Henkels zeigt dabei auf das Osttor der Römerstadt Avenches und auf die Storchensäule unterhalb des heutigen Städtchens.

Albrecht Kauw, der um 1770 und danach anzusetzen ist, zeigt Ägerten als einen mächtigen rechteckigen Wohnturm, als einen Donjon von ursprünglich mindestens zehn Metern Höhe, aus teilweise behauenen Geschiebesteinen gefügt.

Der Turm von Ägerten mit einem Hocheingang in der Südwestseite ist heute vollständig abgetragen. Erhalten sind nur einige Ecksteine. Man kann daraus ein Rechteck von etwa zehn mal zwölf Metern bei einer Mauerdicke von gut zwei Metern erschließen.

Im Graben des Ringwalls liegen noch heute viele Steine des Turms.

Der Donjon von Ägerten war vom Grundriß her ähnlich wie derjenige der ehemaligen Nydegg-Burg in der Altstadt von Bern und denen von Oberwangen im Wangental und von Rorberg bei Rohrbach im Oberaargau.

Da der Turm heute verschwunden ist, zeigt sich Ägerten am Gurten wieder als erhaltene Erdburg mit Hügel, Wall und Graben. - Nach Meinung des Herausgebers wurden die meisten alten Wehranlagen zuerst als Erdwerke angelegt. Zementierte Mauern, damit Steinburgen, kamen später, im „Mittelalter" auf und wurden in die ursprünglichen Grundrisse eingefügt.

Der Gurten-Berg selbst ist als Ur-Bern oder als alter Burgberg von Bern zu betrachten. Auf der Westseite des Berges, beim heutigen Aussichtsturm, stand in altbernischer Zeit eine Hochwacht, ein Chutz.

Der Chutzen selbst stand auf einem Ringwall, der zwar bezeugt ist, von welchem aber im frühen 19. Jahrhundert die letzten Spuren verschwunden sind.

Auf der Ostseite des Gurten-Berges, beim heutigen Ostsignal, kann ein ehemaliger Abschnittswall und Abschnittsgraben vermutet werden.

Der Gurten war eine weitläufige Höhenburg – vergleichbar etwa der Utoburg auf dem Üetliberg oberhalb von Zürich.

In dem geschilderten Zusammenhang nimmt sich Ägerten wie ein östliches Vorwerk der alten Höhenburg Gurten aus.

Wie in vielen Grundrissen von alten Städten und Burgen steckt auch im Plan von Ägerten am Gurten eine Figur: Der Burghügel bildet einen Kopf, der Ringwall einen Helm und die Erdzeichnung im Süden einen Helmaufsatz mit Federbusch.

Ägerten am Gurten zeigt also den behelmten Kopf eines Kriegers.

Im nächsten Kapitel wird auf die dahinterstehende Sage vom Ritter von Ägerten eingegangen werden.

Zuletzt der Ortsname. Der Herausgeber hat sich in seinem Werk *Die Ortsnamen der Schweiz* damit auseinandergesetzt.

Die Methode der Entvokalisierung eines Worts ergibt, daß Ägerten und Gurten die gleiche Etymologie haben:

GURTEN = CRTM - ÄGERTEN = CRTM

Dahinter verbirgt sich CURTIM, *curtis*, lateinisch der Hof, im Sinne von Fürstenhof, aber auch Burg und Stadt.

In der Troja-Sage hatte der Oberkönig Priamus seine Residenz auf einem Hügel oberhalb der Stadt.

Aber letztlich ist darin die Konsonantenfolge CRSTM, also CHRISTUM, Christus zu sehen.

Vielleicht steckt sogar CHRISTUM NATUM, also die Geburt Christi dahinter.

Die ganze alte Ortsnamenschöpfung ist christlich-religiös bestimmt.

Abbildung 6: Lory - Ägerten am Gurten

Radierung von Gabriel Lory (Vater), um 1813

aus:

Alpenrosen. Ein Schweizer Almanach auf das Jahr 1814,
Bern - Leipzig (1813)

Wie bei Lorys Aquarell von Geristein (Titelbild) haben Schriftsteller und Künstler hier zusammengearbeitet.

Es ist dies eine Ansicht gegen Norden. Im Durchblick sieht man einen Teil der Stadt Bern mit dem Münster. In der Ferne erkennt man die Jura-Kette mit der Hasenmatt.

Gegenüber der Ansicht von Kauw ist die Ruine schon stark abgetragen. – Bald wird alles Mauerwerk verschwunden sein.

Johann Rudolf Wyss' Dichtung
Der Ritter von Ägerten

Als erstes Werk über eine Burg in der Umgebung von Bern veröffentlichte Johann Rudolf Wyss in den *Alpenrosen* für das Jahr 1814 die Dichtung *Der Ritter von Ägerten.*

Das kleine Werk findet sich danach in: Johann Rudolf Wyss: *Idyllen, Volkssagen, Legenden und Erzählungen aus der Schweiz*; Band 2, Bern – Leipzig 1822, Seiten 112 – 127, mit einer Anmerkung Seite 397 f.

Wyss war die treibende Kraft hinter der literarischen Unternehmung *Alpenrosen*. Des Schriftstellers eigene Arbeiten entsprechen der allgemeinen Ausrichtung des 1811 erstmals erschienenen Almanachs.

Man kann sich der kurzen Dichtung *Der Ritter von Ägerten* von 1813 mit drei Stichworten nähern: Vaterlandsliebe, Rückgriff auf die Geschichte, Romantik.

Wir erinnern uns, daß Wyss 1811 den Text *Rufst du mein Vaterland* gedichtet hat. – Die ehemalige Schweizer Nationalhymne ist heute vom Inhalt her ungenießbar. Aber dazu sollte man die Zeit berücksichtigen: In diesem Jahr zwang der Tyrann Napoleon ganz Kontinentaleuropa an dem unsinnigen Rußland-Feldzug teilzunehmen. – Auch die Schweiz mußte ein Kontingent stellen. – Die meisten kehrten nicht mehr zurück.

Auf die geistige Knechtung und den politischen Druck von außen antwortete die einheimische Geistigkeit mit einem Rückgriff auf traditionelle Werte. Vaterlandsliebe war nun mehr als eine bloße bürgerliche Tugend. Die Beschäftigung mit der heimatlichen Geschichte wurde zur sinnstiftenden Suche nach einer seelischen Mitte.

Die geistige Bewegung der Romantik vereinigte diese Tendenzen und gab ihr einen formalen Rahmen. Die Wirklichkeit wurde dichterisch überhöht oder phantastisch verschleiert.

Der Schweizerische Robinson von Wyss' Vater ist gewissermaßen eine romantisch-restaurative Utopie: Der Rückzug auf die Insel ermöglichte eine Besinnung auf die herkömmlichen religiösen und gesellschaftlichen Werte und den Wiederaufbau einer traditionellen Gesellschaft.

Zur gleichen Zeit unternahm es Johann Rudolf Wyss, alte Berner Chroniken im Druck herauszugeben. 1816 erschien „Justinger", dann „Tschachtlan", zuletzt „Anshelm". – Aber alle diese Zeitbücher sind vielleicht vierzig Jahre vorher geschrieben worden.

Der Ritter von Ägerten zeigt sich als Kristallisation _der damaligen schriftstellerischen Unternehmungen von Wyss.

Der Schriftsteller bezeichnete sein kleines Werk von 14 Seiten im Untertitel als *Ein Schweizer Idyll* und erklärt diese Einordnung in den Anmerkungen zur Ausgabe von 1822 (Seite 397 f.).

Die bukolische Episode von zwei Schafhirten vor der Ruine der Burg Ägerten am Gurten dient als Rahmen, um eine Sage zu erzählen – mit versteckten Anspielungen auf die Gegenwart.

Die Legende von dem Ritter von Ägerten findet sich beim Chronisten „Justinger" und wird in den Bilderchroniken von „Tschachtlan" und „Diebold Schilling" – die beide auf dem Ersterwähnten fußen – illustriert.

Danach hätte ein Ritter von Ägerten für den König von Böhmen gegen Frankreich ziehen sollen. Allein, der Adelige war verarmt und konnte sich kein Pferd für den Kriegszug leisten. Dies tat er kund, indem er sich rittlings auf die Mauerkrone seines Burgturms setzte, als die böhmische Gesandtschaft ihn abholen wollte. So zeigte er ihnen, was ihm fehlte.

Wyss fand die Sage offenbar geeignet, weil er sie mit einer Burgruine verknüpfen konnte, die unweit von Bern liegt. – Später wird er auch der Ruine Geristein eine Geschichte widmen.

Also schildert der Autor, wie sich ein Schafhirt bei Ägerten unabsichtlich rittlings auf die Mauer der Ruine setzt, um von oben herab seine Herde zu überwachen. - Der andere Hirt erzählt ihm darauf die Sage von dem Ritter.

Als Moral von der Geschichte bittet der eine den anderen Hirten, ihn wenn nötig bei seiner Arbeit zu unterstützen.

Großes wird hier dem Kleinen gegenübergestellt: Die Hirten den Rittern - und Kriegszüge dem Hüten von Schafen.

Das Idyll am Gurten, neben dem Gemäuer einer verfallenen Burg, gewinnt eine gewisse Hintergründigkeit.

Die kleine Dichtung von Wyss ist aus einem Guß, wenn auch nicht überragend. Das Werklein wirkt hölzern, die poetische Form aufgesetzt. In Prosa hätte die Geschichte zweifellos mehr Wirkung bekommen.

Vielleicht spürte Wyss die Mängel in seiner Geschichte. In der Ausgabe von 1822 fügte er deshalb das Lied vom Ritter von Ägerten aus „Justinger" in den Text ein. - Zusätzlich überarbeitete Wyss die Dichtung und brachte zahlreiche Änderungen an.

Vergleicht man die beiden Versionen von *Der Ritter von Ägerten*, so stellt man fest, daß die Überarbeitung von 1822 keine Verbesserung darstellt.

Der Herausgeber hat sich deshalb für die ursprüngliche Version von 1814 entschieden und diese nur durch das Ägerten-Lied ergänzt.

Die Radierung von Lory, welche Wyss der Dichtung vorangestellt hat, ist mehr als nur eine Illustration. Der Schriftsteller und der Maler haben zusammengearbeitet.

Als Detail der Radierung von Lory sei erwähnt, daß der Künstler dort einen Kunstgriff angewandt hat: Die Südostseite der Ruine Ägerten, die hier vom Blickwinkel her abgebildet sein muß, ist in Wirklichkeit die Südwestseite. Bei Kauw findet sich auf der letztgenannten Seite des Turms ein charakteristischer Hocheingang – der gleiche, den Lory darstellt.

Die Sage von dem Ritter von Ägerten verdient ebenfalls eine kurze Analyse.

„Justinger", der diese Legende wiedergibt, stellt als Ganzes eine barocke Geschichtsdichtung dar. Darin hat jede Begebenheit einen versteckten, meist religiösen Sinn.

Mit dem König von Böhmen ist der Römische Kaiser Karl IV. gemeint. – Nach „Justinger" habe die Stadt Bern ihn auf einer Reise zum Papst in Avignon und zurück zweimal mit allen Ehren empfangen.

Es scheint tatsächlich zu einer gewissen Zeit Beziehungen zwischen Bern und Prag gegeben zu haben. Vielleicht teilten die beiden Städte gleiche religiöse Anschauungen.

In dem berühmten Skulpturenfund von der Münsterplattform in Bern gibt es auch eine Pietà, die sonderbarerweise in Stein aus der Umgebung von Prag gehauen ist.

Mit dem angeblichen Krieg des Böhmenkönigs gegen Frankreich wird auf die nachsichtige Politik Karls IV. gegenüber jenem Land angespielt. Dem König und Kaiser war der Papst wichtiger. Dadurch bedrängte er indirekt Bern und die Eidgenossen.

Wie schon im vorigen Kapitel gesagt wurde, enthält der Grundriß der Burg Ägerten die Figur eines Kopfs, mit Helm und Aufsatz für einen Federbusch.

Zu Wyss' Zeiten war die Symbolik im Plan jener Burg oberhalb des Gurtendorfs noch gegenwärtig.

Johann Rudolf Wyss der Jüngere
Der Ritter von Ägerten. Ein Schweizer Idyll

NB: Die kursiv gedruckten Stellen mit dem Ägerten-Lied sind Einfügungen aus der Ausgabe von 1822.

Dieter und Hans auf den Ruinen des Schlosses Aegerten

Dieter

Hänsel, wo bist du? Hallo! – Da such' ich und suche vergeblich!

Hier wohl weiden am Rain und benaschen im Walde das Laubwerk

Ziegen und Schafe nach Lust; - doch weg ist Hänsel der Schafbub.

Wahrlich es sollte dem Hirten ein Hirt auch selber bestellt sein,

Daß leichtsinnig er nicht umschweife, die Herde verlassend.

Hänsel, wo bist du? Hallo? – Gib Antwort, Hänsel, du Gaudieb!

Hans

Hei, du mein Dieterle, hei! Guck auf! Bin mitten im Busch ja,

Bin auf der Warte ja hier und behüte von oben die Schäflein,

Rings umschauend, bereit hinunter zu stürmen im Sprunge,

Wenn sich nur Eines verirrt. – Gar prächtig beherrsch' ich die Weide!

Dieter

Neckischer Junge, wo? Wo? Was prahlest von Warte du Kleiner?

Sitzet der lustige Kauz nicht dort auf dem alten Gemäuer,

Schrittlings, gerade so stolz als säß' er, ein Reuter zu Gaule!

Laß mir den Mutwill' jetzt, denn gar zerfallen und brüchig

Ist das verödete Schloß, und es droht tagtäglich der Einsturz

Hier das verwitterte Stück, das allein vom Busche noch aufragt!

Hans

Traun, es gereu't mich hinab von der leuchtenden Zinne zu klimmen,

Denn nicht jeglichen Tag wird rühmlich erstiegen der Gipfel.

Oft schon rissen mit mir die zerbrochenen Steine der Mauer,

Tief mich zu werfen hinab zum Graben in tosendem Falle.

Doch Unablässig gewinnt, Unablässig ist Meister und Zwingherr!

Also gelangt' auch ich am heutigen Tage, nicht rastend,

Schau'! Ich gelangt' empor, wo mit Eifer ich strebte zu thronen,

Hier auf die Braue der Mau'r zur windigen Höhe der Tannen,

Herrlich erhoben vor dir und dem heimischen Dorfe danieden;

Recht, wie du sagtest, zu Gaul, ein alter gewappneter Ritter.

Schön zur Lanze fürwahr dient jetzo der knorrige Stab mir,

Den ich geschnitten vom Holz aufsteigender Eschen, zu leiten,

Grimmig bedrohend, das Volk der genäschigen Ziegen und Schafe.

Dieter

Gut das! – Aber herab nun spute dich König der Herden,

Daß ich dir spende den Sold, der gebühret so fürstlichem Haupte;

Brod und den Napf voll Milch, ein beneidetes Mahl der Erquickung,

Würdig des ritterlich-kühn hochtrabenden, winzigen Schafbubs.

Eile mit Weile jedoch, und bedächtig steige zu Boden,

Daß nicht täusche den Fuß ein gelockerter Stein im Gemäuer!

So! – nur weiter, du Schalk! – Der weiß ja die Schliche wie Kätzlein!

Also willkommen mir nun auf der sicheren Erde, mein Ritter!

Laß uns rasten doch hier, wo die Bäume sich teilen und offen

Hin nach Stadt und Geländ sich breitet ein fröhlicher Ausblick!

Hans

Horch jetzt, Dieterle! Meinst ich sei stets lustigen Sinnes;

Aber nicht Possen allein, nicht närrische Streiche zu treiben

Saß dort oben ich so; mich lüstet' im Busen zu spüren,

Wie sich vor Alters gefiel auf dem steinernen Rosse der Mauer,

Dieser zertrümmerten Burg hochmächtiger Eigner und Freiherr.

Solches erzählte der Vater mir aus dem ergraueten Zeitbuch

Welches er sorglich treu sich bewahret, wohl über den Winter

Still sich am Abend zu freu'n vergangener lieber Geschichten.

Dieter

Ei doch Wunder! So muß von dir ich nun hören die Sagen,

Welche mich sehnlich verlangt hier über den moosigen Burgstall

Einst zu vernehmen, - dieweil unwissend die Bauern so dahlen,

Dieses und das sei längst verschollen, was etwa dem Urahn

Kund noch war und gewiß von den edelen Herren der Veste.

Eines nur sagen sie wohl, und bewähret ist solches im Lande;

Dort die gar herrliche Stadt an der Aar, auf grünendem Hügel,

Halfen sie bauen die Herr'n , die weiland fröhlich gehauset

Hier wo der Schutt anjetzt mit Laub und Tangeln bedeckt ist,

Daß nur kümmerlich noch von dem Schlosse sich Trümmer gefristet,

Während so preislich schön, und ein Segen dem Lande die Stadt ruht,

Mild im Frieden und still, doch wacker und rührig im Kriege.

Hans

Ja, viel tapferer Männer, gerüstet zu blutiger Feldschlacht,

Braucht' es den Mauern zum Schutz und den Türmen da drüben zur Obhut;

Daß sie so prachtvoll steh'n auch jetzt nach manchem Jahrhundert.

Drum denn sanken umher viel Burgen und prangende Sitze,

Weil sich gewandt zur Stadt die verrühmtesten Ritter und Herren,

Dort zum Heil der Gemeine, verbundenen Sinnes zu streiten,

Wie sie gestritten zuvor um eigener Ehre Behauptung.

Also nun lebt' auch hier, auf der Aegerten mächtigem Twinghaus,

Mannhaft, biederen Muts, doch übel mit Schätzen gesegnet,

Längst in entwichener Zeit ein gepriesener weidlicher Kämpfer.

Sieh, da beginnet ein Strauss, hoch brennet in Flammen die Kriegswut;

Weiß nicht welches der Fürst im Lande gewesen da hierseits,

Aber der wütende Feind, dem's galt auf Tod und Verderben,

Saget das Jahrbuch recht, - so hieß er ein König von Böheim.

Wahrlich, da mußte herbei was Schwert und was Lanze zu führen

Kräftig vermocht' im Geländ' und es fehlte der Führer allein noch,

Welcher gebietend im Heer zum Kampf und zu Siegen es leite.

Rasch, Vasallen! Zu Ross, und es jage von hinnen ein Fähnlein!

Wo sich auf Aegerten türmt die gewaltige Veste, da hauset

Stolz und erprobt an Herz, und von adlichen Taten ein Ritter,

Den ich verlange, mit Kraft zu befehlen dem reisigen Heerbann,

Wenn aufbrechend er jetzt anstürmet die böhmische Kriegsschaar.

Bittet mit Züchten und Art, daß Ruhm und Gold zu gewinnen,

Gold, - doch Ruhmes noch mehr, ein so trefflicher Ritter euch folge,

Hier in dem Lager nach mir zu heißen der größte, der erste!

Also der König, und aus schon zieh'n viel dienende Kämpen,

Bis sie gefunden das Schloß; und sie bitten den mannlichen Helden,

Daß er verheißet zuletzt am kommenden Morgen im Frührot

Aufzusitzen, gespornt und gewappnet nach allem Vermögen.

Dieterle horch, nun horch! Bald sag' ich was droben mich freute,

Wie du gewahret, da breit ich saß auf ragender Mauer.

Kaum noch dämmert in Grau der beginnende Tag, so bereiten

Rüstig die Kämpen sich, heim zum harrenden Fürsten zu kehren.

Schnaubender Gaule Gestampf durchhallet den dröhnenden Zwinger,

Jeglicher sitzt im Sattel gerecht und sie harren des Ritters.

Siehe da schreitet hervor ein Ries' an Kraft und Gestalt er,

Leicht in der Faust mit Schwung zum Scherz aufbäumend die Lanze.

Quer nun kreuzt er den Hof, doch Lieber, wo stehet das Kampfroß,

Würdig zu tragen den Mann der da führe zu strahlendem Siegsruhm?

Hei, was Tolles geschieht? – Risch hebet in mächtigem Sprunge

Dort sich der Ritter empor, laut toset die prasselnde Rüstung!

Alles nur blicket nach ihm, und gewaltig, als säß' er zu Gaule,

Sitzet er schrittlings jetzt auf luftiger Zinne der Mauer,

Hastig zu spornen bemühet das tote Gestein, und voll Eifer

Stets antreibend durch Ruf, wie die Reuter ein lästiges Ross wohl.

Glaub's! – Da blieben verstummt im Hofe die reisigen Männer,

Er[n]stlich besorgt, ob nicht anwandle den Ritter ein Irrwahn,

Bis sie Gelächter ergriff da sie munter und freudig ihn sehen,

Stets noch tummelnd den Gaul von Kalch [Kalk], von Kiesel und Sandfluh.

Doch bald fassen sie jetzt der Wundergebärde Bedeutung:

Daß wohl trefflich bewehret mit Panzer und blinkendem Helme

Wie mit des Speeres Gewicht und dem Schilde der Ritter zu Dienst sei;

Nur daß fehle der Hengst zum hurtigen Fluge nach Kriegsbrauch,

Wie sich dem Hauptmann fügt, der die Scharen zu leiten erhöht ist.

Also gar emsig zurück eilt wieder das reisige Fähnlein,

Gleich ansagend die Not des weidlichen Helden dem König.

Flugs dann führen sie her ausbündige Rosse zur Veste:

Goldnes Geschmeide bedeckt fernglänzend die Zäume, die Sättel,

Harnische bergen den Leib, und es nicket vom Haupte Gefieder.

Frei und fröhlich hinaus nun sprengen die wackeren Kämpen,

Stolz dem Zuge voran der begabete stattliche Ritter.

Keck drauf fort in das Feld mit Jubel die Fahne des Heerbanns!

Schaurig ertobt voll Grimm das Gemetzel der schrecklichen Krieger,

und sie behuben den Streit, - so sagt das veraltete Jahrbuch,

Denn kühn lenkte zu Sieg und Gewinn, durch tapfere Mannheit

Selbst einbrechend und klug all ratend und weisend der Ritter,

Den sie von Aegerten hier sich hinüber entboten zum Feldherrn.

Und daß wahr ich erzählte, so nimm dies Eine zum Merk dir,

Noch singt etwa von ihm sich ein Lied, verwunderlich seltsam,

Das ich zu singen auch weiß, und ich geb's in den Kauf dir, juchheissa!

Von Aegerten der Ritter zog

In's Feld der wilden Schlacht;

Des Königs erstes Panner flog,

Der Ritter führt die Macht.

Voll großer Ordnung steh'n die Reih'n,

Bei lautem Hörnerruf,

Viel Wangen rot von Purpurschein,

Den stolze Hoffnung schuf.

Und Aegerten im Sturm voran

Auf seinem Rappen hoch.

Da schmäht im Heer ein feiger Mann:

Was packt den Ritter doch?

Im Bügel zittert ihm sein Fuß,
Wohl bebt auch so sein Herz!
Der Ritter, der es hören muß,
Blickt zornig hinterwärts:

Es weiß mein Fuß, du schnöder Wicht!
Daß er zu Todesnot
In Feindesscharen mutig bricht,
Drum zittert er, bedroht.

Wohl zittert so der deine nie,
Dir ruft der feige Sinn:
Flieh vor dem blassen Tode, flieh!
Und zagend fliehst du hin.

Die Schlacht begann mit Mord und Graus,
Der Ritter kämpft als Held,
Er kehrt voll Siegesruhm nach Haus;
Der Wicht riß aus dem Feld.

Dieter

Brav das, Hänsel, und recht! Viel Dank für die schöne Geschichte!

Wohl nun rührte sich dir in dem Herzen auch also der Kriegsmann?

Aber bevor doch uns zu verlassen in dürftiger Armut

Dich bald ladet ein Ruf auch irgend zu leuchten ein Herzog,

Lieber so nimm anjetzt ein bescheidenes Essen von mir
noch,

Bis auf den Abend gestärkt die Ziegen und Schafe zu hüten,

Nicht zwar rühmlich wie Sieg, doch nützer uns Hirten im
Dörflein.

Wirst du dann mächtig und groß, ei, Bester! So leihe dem
Dieter

Gunst und Gehör, daß dir als der erste der Hirten er folge!

Ende

Die Bücher des Autors

**Beiträge zur Freiburger Historiographie
des 18. und 19. Jahrhunderts**
Guillimann – Alt – Berchtold – Daguet
112 Seiten mit 5 Abbildungen
Norderstedt 2019
(Historisch-philologische Werke 6)

Burgen rund um Bern
Eine Auswahl mit Plänen, Bildern, Beschreibungen
und einer Einführung in die Burgenkunde.
Nebst weiteren Objekten in der Westschweiz.
436 Seiten mit 131 Abbildungen
Norderstedt 2024
(Historisch-philologische Werke 9)

Historische Denkmäler in der Schweiz
34 helvetische Erinnerungsstätten, kritisch betrachtet
164 Seiten mit 35 Abbildungen
Norderstedt 2021
(Historisch-philologische Werke 8)

Die alten Eidgenossen
Die Entstehung der Schwyzer Eidgenossenschaft
im Lichte der Geschichtskritik und die Rolle Berns.
360 Seiten mit 24 Abbildungen und 7 Tabellen
Norderstedt 2022
(Historisch-philologische Werke 2)

Die Entstehung der Jahrzahl 1291
Beiträge zur Schweizer Historiographie:
Stumpf – Schweizer – Daguet et al.
136 Seiten mit 4 Abbildungen und 7 Tabellen
Norderstedt 2019
(Historisch-philologische Werke 7)

Die Matrix der alten Geschichte
Eine Einführung in die Geschichts- und Chronologiekritik
536 Seiten mit 35 Abbildungen und 18 Tabellen
Norderstedt 2021
(Historisch-philologische Werke 1)

Die Ortsnamen der Schweiz
Mit einer Einführung in die Namensprägung Europas
340 Seiten mit 1 Abbildung
Norderstedt 2024
(Historisch-philologische Werke 4)

Teufelssagen aus der Umgebung von Bern
112 Seiten mit 12 Abbildungen
Norderstedt 2024
(Historisch-philologische Werke 10)

Die Ursprünge Berns
Eine historische Heimatkunde Berns und des Bernbiets.
Mit einem autobiographischen Anhang.
292 Seiten mit 62 Abbildungen und zwei Tabellen
Norderstedt 2022
(Historisch-philologische Werke 3)

Johann Rudolf Wyss der Jüngere
Der Abend zu Geristein
Eine Sage von 1824, neu herausgegeben, eingeleitet
und illustriert von Christoph Pfister.
Im Anhang: Johann Rudolf Wyss' Dichtung
Der Ritter von Ägerten.
68 Seiten mit 7 Abbildungen
Norderstedt 2024
(Historisch-philologische Werke 5)

Weitere Artikel von historisch-philologischem Inhalt finden sich auf
der Webseite des Autors: **www.dillum.ch**

Abbildung 7: Titelblatt des Almanachs *Alpenrosen* für das Jahr 1814